아득한 상실

황금알 시인선 308
아득한 상실

초판발행일 | 2025년 1월 31일

지은이 | 김병택
펴낸곳 | 도서출판 황금알
펴낸이 | 金永馥
주간 | 김영탁
편집실장 | 조경숙
표지디자인 | 칼라박스
주소 | 03088 서울시 종로구 이화장2길 29-3, 104호(동숭동)
전화 | 02)2275-9171
팩스 | 02)2275-9172
이메일 | tibet21@hanmail.net
홈페이지 | http://goldegg21.com
출판등록 | 2003년 03월 26일(제300-2003-230호)

아득한 상실

김병택 시집

황금알

예나 지금이나, 나의 의식을 지배하는 것은 일상의 경험이다. 그것은 나의 시가 대부분 일상의 경험을 소재로 삼고 있는 점과 크게 관련이 있다. '아득한 상실'은 일상의 경험도 결국에 가서는 사물처럼 소멸하는 것임을 확인하는 비유적 표현이기도 하다.

2024년 가을

김병택

차 례

1부

2부

3부

4부

1부

봄의 약전略傳

오름의 눈이 사라질 때야 비로소
마을 가운데로 이동하기 시작했다

사방으로 흩어지는 구름을 따라
새들이 날아다니는 저녁이면
나무 우듬지에 앉아 있는 게 보였다

거느리고 온 것들 중에는 오랫동안
망각할 수 없는 겨울의 추억도
항상 칙칙하던 겨울의 모습도 있었다

얼마나 긴 고통의 시간을 건너
여기까지 왔는지를 다 말하기는 어려워도
어두운 동굴에서 겪은 일들은 분명
지울 수 없는 경험이 되었을 터였다

추위에 부딪힌 푸르죽죽한 모자를 쓰고
작은 목소리로 중얼거리면서 찾아올 땐
축배의 노래를 부르며 맞이하고 싶었다

올해에도 한 편의 소설 제목처럼 찾아와
들판 여기저기서 아무렇게나
지금까지 지켜온 꿈의 음절들을 퍼뜨렸다

옛날의 울퉁불퉁한 기억들을 일깨우며

할아버지의 벗나무

집 뒤뜰 구석 돌무더기 옆에는
증조부가 젊었을 때 심어 놓은
벗나무 한 그루가 서 있었다

4월 초, 따뜻한 공기가 흘러
짙은 녹색으로 치장한 때부터는
투명한 분홍색 꽃을 터트리며
다른 나무들 위에 군림하곤 했다

부드러운 외양이어서 그런지
거센 강풍이 부는 여름에도
수시로 눈비 내리는 겨울에도
가까스로 험한 세월을 견디었다

빛바랜 내 일기장에는
봄날의 벗꽃을 향한 기억도
사건들로 타올랐던 기억도
증조부에 대한 기억도
편편이 살아 뒹굴고 있었다

희망의 표지판을 세워 놓았다
안팎을 모두 기억하는 그림자들은
항상 이곳을 거쳐 드나들기를

가을 주변

미명의 시간을 헤치며 찾아온
가을의 일요일 아침, 구름이
마당에 엷은 그림자를 드리운다
공중에 떠 있는 나뭇가지들이
집 앞 바닷가의 물결소리에
허무한 몸짓으로 흔들린다
창문을 열고 바라본 산은
여러 번 넘어지며 달려온
이 마을 사람들의 상처를
항아리 모양으로 품은 듯하다
마당을 몇 바퀴 돌던 바람이
화단의 구석 쪽 바위에 부딪힌다
여기저기에 흩어진 낙엽들이
메마른 돌담들 사이에서 파닥인다
산속 절의 대웅전에서 들려오는
녹색의 독경소리가 들릴 때야 비로소
나무 밑 벤치에 앉았던 몸을 곧추세운다

깊어가는 겨울

나뭇잎들의 시린 물결 위에서
끊임없이 서성거리는 미물들만으로도
나뭇가지 곁을 떠도는 적막만으로도
파르르 날아가는 새의 비상飛翔만으로도
겨울이 깊어가고 있음을 알겠다

누가 일부러 애써 만든 적이 없는
길고 긴 진흙 길이 저절로 생겼다
뒹구는 눈의 사체들도 눈에 들어온다

수북이 쌓이는 시간을 허물며
한바탕 숲 주위를 휘돌고 온 바람이
검은 털구름을 동반하고 멀리 사라진다

드디어 붙잡은 희망 한 줄기를 품고
지난날을 참회하기 위해 산사山寺를 찾는
중년 남자의 발걸음이 가물가물하다

억새

서귀포로 가는 횡단도로를 지나다
일부러 길 안쪽에 차를 세웠다

덤불을 헤치며 더 걷고 걸어
아주 좁은 숲속 길에 들어섰다
어린 억새들이 촘촘히 모여
몸을 흔드는 연습이 한창이었다

차가운 갈색 바람이 불었지만
가을의 끝을 안타까워하며
겨울의 등장을 저지하려는
안간힘과는 거리가 멀었다

나그네에게 마지못해 건네는
메마른 수인사는 더욱더 아니었다

서운하기는커녕 오히려 새 계절을
만나는 기쁨의 몸짓임이 분명했다

공중을 날아다니는 풀벌레들이
그런 표정을 짓고 있었다

한라수목원

흔들리는 나뭇가지들 사이를
빈틈없이 채우고 있는 것은
아무리 눈을 크게 떠 살펴보아도
오후의 푸른 하늘뿐이다
바람이 지나갈 땐 왁자한
까마귀 소리가 여음을 남기고
꽃들은 하얗게 웃는 숲으로
속삭이며, 비끼며 떨어진다
수백 그루의 다른 나무들은
은밀하게 서로 약속한 것처럼
서로를 하루 종일 바라본다
오늘의 날씨를 알리는 새들이
수목원을 쉬지 않고 서성일 무렵엔
땅을 기어 다니는 미물들이
곳곳에서 얼굴을 보이기 시작한다
나도 점차 내려앉는 공중을 걸어 다닌다
어제도, 그제도 그렇게 했듯이

바람 1
— 바람의 속성

바람이 불기 시작한 뒤에야
구겨진 내 얼굴의 미세한 감각이
평상의 수준으로 돌아온다
늘어진 꽃들도 일어서고
새들의 노랫소리도 잘 들린다

바람의 방향은 계절마다 다르다
정작 눈여겨보아야 할 것은
늘 다르지 않은 바람의 속성이다

바람이 거느리고 있는 것들 또한
예민한 감각의 소유자에겐 특별하다
이런 곳에 눈길을 보내지 않는 사람은
'바람'에 대해 말할 자격이 없다

지난해 겨우내 불었던 바람이
올해도 이 마을에 다시 찾아와
소명을 수행하는 것처럼 불고 있다
앞으론 절대 소멸하지 않을 태세로

바람 2
― 바람과 길

곧은길에서는 곧은 모양으로
굽은 길에서는 굽은 모양으로 지나간다

바람이 길을 거스른 적은 드물지만
길이 바람을 외면한 적은 많다

길이 세상의 온갖 먼지를 뒤집어쓰면
바람은 온전하게 길을 지나갈 수가 없다
길이 막히는 경우는 이럴 때 생긴다

길에 수북이 쌓인 먼지를 그대로 두면
바람은 여간해서 모습을 드러내지 않는다
그래서 바람은 들판으로 나갈 수밖에 없다

아무리 그런 일이 벌어진다 하더라도
바람과 길의 운명적인 공생을, 사멸을
부인할 사람은 세상에 아마 없으리라

바람이 일시 사라져 버린 것에 대해 사람들은

세상의 표면에서 드물게 한 번 나타난
바람과 길의 충돌일 것으로 짐작하지만
절대 그렇지 않다 사정을 잘 알고 나면

바람과 길이 서로를 끝까지 증오하면서
공존하는 것을 상상하기는 매우 어렵다

바람 3
— 바람의 행로

얼핏, 바람은 청명한 가을 밭 모서리
돌무더기 틈에서 불어온 듯하다

돌무더기가 만들어낸 바람이든
평평한 땅이 세워 놓은 바람이든
결국 우리에게는 바람만이 남는다

바람이 홀연 사라지는 경우를
미리 대비할 필요는 전혀 없으리라
바람은 다른 바람을 일으킬 터이므로

보이지 않는 우리의 가슴속으로
고난의 바람이 불시에 찾아왔다면
바람과 우리는 이미 친숙한 사이다

바람의 본질을 잘 알고 싶은 사람은
먼저 바람의 행로를 파악해야 한다

바람 4
— 수목원에 부는 바람

두툼한 외투와 머플러로 에워싼
나의 차갑고 메마른 생각들이
몸을 밀치며 밖으로 달아난다
가랑비처럼 흩어지며 떨어지는
눈송이들도 잠시 멈칫거린다

어딘가에 숨어 있던 바람이
나무 밑동에서 가지로 기어오르고
우산처럼 둥글게 생긴 나뭇잎들이
서둘러 가지에 기를 불어넣는다

회색빛의 정오를 넘으면서부터
어제 불던 바람이 다시 꿈틀거린다
수목원 곳곳에 서 있는 나무들은
서로 익숙한 눈길을 주고받으며
숲 아래에서 오래 움츠리고 있는
미물들을 뿌리 쪽으로 끌어들인다

새로운 바람과 어둠이 들이닥친다

주위의 모든 나무들이 일제히
가지들을 잡고 좌우로 흔들며
불협화음의 소리를 길게 내뿜는다

기어이 태풍이 올 조짐인 듯하다
몇 달째 비어 있는 내 가슴에도

소나무 한 그루

시커먼 담벼락 옆에서 살아왔다
북쪽 바다에서 천천히 건너온
미세한 바람이 여기까지 이르면
조금씩 쌓아 올린 초록빛 생각도
기다렸다는 듯 더불어 흔들렸다

가느다랗고 작은 키로 서서
심심파적으로 소리를 지르다가
무성한 풀 위를 가로지르는
튼실한 말들의 빠른 달음질이
진열대 위의 보석만큼 부러웠다

세월이 아무리 그렇게 흘러도
먹구름으로 뒤덮인 하늘을 보며
희미한 미래를 점치던 기억은
지금껏 온전히 남아 있다
지워졌던 적이 전혀 없었다

다시, 벌목장에서

초록색의 살아 있는 나무와
시든 나무가 가까운 거리에서
서로 바라보며 대화를 나누는 곳

여기에 서 있는 나무들은
청정한 가을 하늘에 흩어지는
무질서한 기계음을
장송곡으로 받아들이기
시작한 지가 아주 오래지만

사람들은 아무렇지도 않게
톱니바퀴에서 나오는 나무의
간절한 소리를 지나친다
나무가 지르는 비명도 지나가는
한 움큼의 소리에 불과할 뿐

지루한 주문의 소리를 들으며
가느다란 생生을 이어가는
미물의 울음소리가 들리는데도

사람들은 귀를 기울이기는커녕
하찮은 소리로 치부하고 만다

하루에도 여러 번 꼼꼼히
기록되는 나무의 생사 문제가
어떤 사람에게는
소나무밭 구석에서 담배를 피우며
연기로 공을 만드는 것보다
훨씬 가벼운 일이다
결코 대수가 아니다

어둠의 근원

바람에 잠겼던 햇살이
산의 능선으로 사라진 뒤에야
유년의 구름이
연한 갈색의 모습으로 머리에 떠오른다

가을 날씨에 부딪히는
화려한 차림의 관광객 서넛이
서늘한 발걸음을 재촉한다

커다란 나무들 사이를 드나드는
새들의 지저귐 속에는
기진한 하루를 끝내려는 의지와
여기저기를 날아다니고 싶은 속내가
함께 담겨 있을 터이다

드디어 하늘 저쪽으로부터 한아름의
어둠이 천천히 밀려오기 시작한다

건물 옆을 바쁘게 지나가는 사람들의

얼굴도 덩달아 검게 보인다

어둠의 근원을 생각하게 하는
이 시간을 오래 묶어두고 싶다

골짜기의 미물들을 떠올리며

보라색 안개가 스쳐 가는
야트막한 언덕에서 내려다보았다
허무의 세례를 받은 미물들이
구름 낀 날의 운명을 탓하며
쉬지 않고 목울대를 높이는 중이었다
그때마다
골짜기에는 비가 내렸다

바위를 둘러싼 나무들이
서로 부딪치는 소리를 낼 때
미물들은 재빠르게
바위의 안쪽으로 숨어들었다
그들은 곧 어둠을 만날 터였다

이러한 일이 한 번으로 끝나고
다시 발생하지 않는다는 사람은
어디에서도 찾을 수 없었다
역사로 이어질 게 확실했다

몰려오는 구름을 바라보며
내일의 날씨 예보에 귀를 기울였다

허술한 집을 지키느라
상처 입은 발에다 가슴까지 멍든
골짜기의 미물들을 떠올리며

달의 원근

달의 한쪽을 차지한 뜰에는
바닷가 초가집 빈 마당과
큰 소쿠리 하나씩 옆에 끼고
종종걸음으로 가는 아낙네들이
아득한 곡선으로 어른거렸다
아무리 눈여겨보아도
아는 사람은 보이지 않았다

바람이 서쪽으로 이동하면
달에 쌓여 있던 노란 빛들이
여기저기에 마구 부딪힌 뒤
둥근 이야기를 만들어냈다

이끼 자란 마음속의 달은
자주 감정의 물결에 휩쓸렸다
기쁠 때는 크게 확대되었고
슬플 때는 작게 축소되었다

혼자 길을 걸으며 바라본 달은

손으로 만질 수 있을 듯
가까운 곳에 떠 있었지만
길고 긴 불면의 밤을 보내며
뒤뜰에서 바라본 달은
온화한 강물처럼 흐르고 있었다

내 앞의 바다

내 앞의 바다는 언제부턴가
잔잔한 모습의 외관을 버리기 시작했다

먼 곳에서 자주 불어오는 바람이
가슴의 빈틈에서 스산하게 머무를 때는
어김없이 오랫동안 마구 출렁거렸다

때론, 구석으로 밀려가는 걸 거부하며
거친 숨 몰아내는 한 마리 짐승으로
땅을 뚫어가는 기계로 보일 때도 있었다

물론 태풍의 위협에도 아랑곳하지 않았다

눈여겨보지 않았던 그 광경들이 지금
머리에 떠오르는 이유를 나는 잘 모른다

집 뒤뜰에 서 있는 무성한 나무들 때문에
미처 포착하지 못한 바다는 없었을까

안개로 뒤덮인 날의 발길 잃는 저녁이나
햇살이 골고루 뿌려진 날의 아침에는
어딘가에 숨어 있으리라는 짐작이 들었다

일부러 정신을 세우고 힘들여 나섰다면
찾아낼 가능성은 결코 적지 않았으리라

바닷물이 머리 위로 외롭게 치솟거나
폭포처럼 가슴 밑바닥으로 낙하하는
길고 긴 어두움의 시간이 전혀 아닌데도

나는 내 앞의 바다를 못 본 지가 오래다

파도 소리

내가 살았던 집은 밤낮으로 수많은 차들이 질주하는 아스팔트길과 아주 가까운 곳에 있었다 외출을 끝내고 집에 돌아갈 때마다, 나는 아스팔트길에서 들려오는 파도 소리를 들어야 했다 그것은 정확히 말해서 아스팔트길을 질주하는 버스 바퀴들이 뿜어내는 소리였다 내 영혼을 마비시키는 그 소리는 매일 저녁 여덟 시쯤에 시작되어 자정이 다 될 무렵에야 끝났다 차라리 그 소리가 실제의 파도 소리였다면 나의 숙면을 그렇게까지 적극적으로 방해하지는 않았으리라

버스 바퀴에서 나오는 소리라는 점을 생각하면서도, 한동안 아스팔트길의 파도 소리는 내게 뚜렷하고 부정적인 단편으로 남아 있다. 그것은 자연의 경이롭고 아름다운 소리와 철저히 대립되는 소리였다 그렇다고 해서, 내가 지금까지도 아스팔트길의 파도 소리를 평생 원수처럼 증오하는 것은 아니다 아스팔트길의 파도 소리야말로 실제의 파도 소리를 환기하게 하는 중요한 계기가 되기도 했으므로

장미

사랑과 정열의 이 붉은 바람을
아무도 그냥 지나치지 않는다
키가 크지 않아도 공중 끝까지 가 닿고
바위처럼 흔들림이 없다
밤에는 혼자 뒤척이지만 낮에는
마을 곳곳을 다니며 대화를 나눈다
메마른 잎을 배척하지 않는
아름다움은 오랫동안 한결같다
빛의 조각들이 쉼 없이 서성거릴 때는
축제의 중심에 앉아
다른 꽃들을 가까이 끌어당긴다
햇살이 섞인 빗방울이 내리면
여기저기에 얽힌 줄기는
금세 푸르고 둥근 잎으로 바뀐다
먼 나라, 어느 무용가의 청춘처럼

2부

우물 일화

봄날, 큰비가 쏟아지고 난 뒤에 어둠이 일렁이는 시골 마을길을 걷다가 녹색 플라스틱 지붕 아래 있는 우물을 보았다 가슴 언저리까지 밀려오는 반가운 마음에, 나는 곧장 우물 앞으로 다가갔고, 우물 안을 들여다보기 위해 고개를 지나치게 숙이다가 그만 안경을 빠트리고 말았다 안경은 내게 항상 사물의 정체를 정확히 알려 주는, 오랜 벗이나 다름없는 존재였다

사다리 계단을 이용해 우물 안으로 내려가려고 했을 때, 나로 하여금 신경을 쓰게 한 것은 무엇보다도 사다리의 부실함이었던 것으로 기억한다 어른의 몸무게를 견디기에는 아슬아슬한 사다리였음에도 불구하고, 나는 그 사다리의 계단을 조심스럽게 디디며 우물 아래로 내려갔다 자칫 발을 헛디디기라도 하면 나는 우물에 빠진 생쥐 꼴이 되고 말 터였지만, 다행스럽게도 우물 바닥은 그다지 깊지 않았다

안경은 수북이 쌓인 해초 위에서 발견되었다 내가 당장 해야 할 일은 안경을 끼고 곧장 우물 밖으로 나가는 것이었지만, 나는 그렇게 할 수가 없었다 우물 안의 둘레를 감싸고 있는 회색 콘크리트 벽에 검정 페인트로 갈

겨 쓴, 젊은 날의 우울을 호소하는 문장들이 내 눈에 들어왔기 때문이다

우물 안은 우물 밖보다 훨씬 더 개방적인 곳으로 보였고, 모든 소리는 잘 들렸다 게다가, 꽃의 향기는 정원에 피는 꽃의 그것보다 더 진했다 그때, 내 머리에서는 이런저런 생각들이 어지럽게 춤을 추고 있었다

지금도, 간혹 우물에 대한 이야기를 들을 때면 어김없이 우물 안에서 겪었던 시간이 떠오르곤 한다

귀환하는 기억

휴일 아침, 집의 창문을 열었다
고여 있던 한 무더기의 공기 입자들은
술 취한 사람의 갈지자걸음으로
빠져나갈 채비에 바쁜 모습이었다

부처님 말씀이 옛날에는 아무런
장애도 받지 않고 귀에 들어왔지만
요즘에는 길게 머리를 수시로 풀며
기억과 함께 밖으로 빠져나갔다

기억의 분량을 측정하기 위해서는
살고 있는 집의 창문이 몇 개 있는지를
알아내는 일이 중요할 것 같았다

창문을 통해 사라진 기억들 중에는
방구석에 쌓인 책들 틈에 끼어서
거멓게 변한 것들도 더러 있었다

유년시절은 밋밋해서 볼품이 없었고

청년시절은 한 마디로 불투명했다

기상이 악화되어 창문이 흔들렸고
이어, 굵은 빗방울이 소리치며 내렸다

창문을 아예 닫아버렸다 웬걸,
사라졌던 기억들이 유리창 주위로
하나둘 모여들기 시작했다

익사한 꿈들

넓은 바다 여기저기에 널브러진
여러 색깔의 꿈들을 보았다

구원의 밧줄을 던지려고 해도
매번 실패를 부추기는 일상의 시간이
매듭을 잘랐기 때문에 쉽지 않았다

바다에는 또한 아주 오래전에
어선들의 일으키는 물결 따라
노란 집어등 불빛이 흔들릴 때
깊이 묻힌 꿈들도 있을 터이지만

오늘, 투망으로 건져 올린 것은
오랜 세월 동안 희망을 붙잡으려
거리를 떠돌다가 익사한 꿈들이었다

마치 일확천금을 노리다가 실패한
도박사들의 욕망을 아주 많이 닮은

만선滿船

수평선 근처의 어선 한 척이
부두 쪽으로 움직이고 있었다

노란 불빛이 어선 주위를 비추었다
어선은 닻을 내릴 준비로 부산했다

하얀 수건을 목에 두른 청년이
갑판에 나타나 사방을 두리번거렸고
이를 본 젊은 여자가 앞으로 나가면서
보라색 손수건을 황급히 흔들었다

만선滿船의 뱃전에 부딪히는 물결은
연인들의 대화를 많이 닮았다
경쾌하게 출렁이다가 까닭 없이
침묵 속으로 빠져들곤 했다

부두 구석에 묵묵히 서 있는 가로등도
부두의 들뜨고 불규칙한 소음을
웃음으로 받아들이는 것 같았다

저녁 부두

작은 물고기들이 해초를 피하며
몰려가고 있는 게 눈에 들어왔다

온종일 여객선을 바라보며
매표소 건물 옆에 무료하게 서 있는
키 큰 멀구슬나무 가지 사이로
타원형의 초록색 바람이 지나갔다

전송하러 온, 시골의 젊은 여자가
처음으로 연기하듯 서투른 동작으로
손수건을 꺼내 눈물을 닦았다

갑판의 아들에게 시선을 고정한
늙은 어머니의 창백한 얼굴 위에
투박한 손바닥 그림자가 흔들렸다

가로등은 처음부터 끝까지 무심했다

아이들은 청청한 공기를 가르며

여기저기를 뛰어다니기에 바빴다

빨리 뭍으로 가야 할 나는 그저
닻이 올라가기만을 기다릴 뿐이었다

아득한 상실

겨울밤, 눈이 내리기 시작하면
세상 여기저기 떠돌던 탁한 소리들이
초가집 등불 앞에 기립한 채로 모여들었다

심심할 땐, 쉰 목소리를 가다듬으며
일부러 가사를 바꾼 렛잇비를
낡은 집 뒤뜰에서 여러 번 불렀다
억지로 들판을 건너는 일과 다름이 없었다

매일 바라보는 산은 어느 시간에도
성직자처럼 낮은 자세로 앉아 있었다

나무에 앉은 매미들의 합창소리와
폭포처럼 내리는 화려한 햇살이 서두르며
바닷속으로 우르르 뛰어들곤 했다

메마른 산등성이를 달리던 노루가
아득한 공중을 향해 뛰어올랐다

요즈음과 판이했던 시대의 이념과
금속성의 연설은 언제나 정다웠다

이젠, 한 톨의 흔적조차
남아있지 않다 옛날의 모든 것은

찾아낸 풍경화들

수직의 어둠에 잠긴 사막에서
우리가 잠시 발걸음을 멈춘 곳은
녹색의 샘물이 솟는 오아시스였다

초상화는, 쉴 새 없이 그토록 빛나는
주인공의 이야기를 다 들은 뒤
노란색 꿈이 스며드는 아침에야
겨우 제 모습으로 완성되었다

희미한 기억을 애써 되살리며
익숙한 주변을 한참 배회하다
잠시 멈추었을 때, 눈앞의 나무에는
붉은 장미가 기어오르고 있었다

막대 손잡이를 꽉 잡고 돌리며
곡식이 쌓인 맷돌의 한 지점을
누르면 조금씩 끊기는 맷돌노래가
저절로 내 귀에 다가왔다

관음사* 가는 길

어느 시대, 어느 곳에도
날아오르는 사람은 없었다

날아오르는 능력이 있다거나
날아오른 적이 있다 해도 그것은
금세 사라지고 말 착각이었으리라

어느 고매한 지도자가 말했다

헛된 꿈을 꾸는 일이야말로
자기 붕괴의 확실한 증거라고

모든 종교의 위대한 힘은
확인할 수 없는 곳에서부터
나타나기 시작한다고

관음사* 가는 길은 가팔랐지만
마음은 점차 가라앉고 있었다

* 관음사: 제주시에 있는 절

긴 이야기

무엇보다도 지구에 대한 관심으로
이야기를 시작해야 할 것 같지만
꼭 그렇게 해야 할 이유는 없다

메마른 땅, 실크로드 사막에서는
어린 낙타의 어설픈 주인이 되어
더위 삼킨 모래 위를 오랫동안 걸었다

바이칼호 부근의 바위에서는 하늘을
향해 기도하는 브리야트족을 만났다
황색 얼굴은 우리의 얼굴 그대로였다

나이아가라 폭포의 지척에 앉아
오랜 시간 자리를 뜰 수 없었다
무작정 쏟아지는 폭포 속에서는
원초적 음성이 잘게 부서지고 있었다

사막에서도, 호수에서도,
폭포에서도 쉬지 않고 계속되었다
우리를 둘러싼 세계에 대한 이야기는

조용한 성城터

무너진 바위들의 성긴 틈으로
파도 소리에 젖은 화살들이
끊임없이 날아와 꽂혔다

이어, 넓은 땅을 차지한 뒤
수많은 군사들이 마음껏 지르는
기쁨의 함성도 들려왔다

역사가 정해 놓은 필연인 듯
수시로 일어나는 싸움은
마을이 품은 숙명이었으리라

수백 년의 시간을 넘긴 지금
성터 주변을 오가는 사람은
아무리 찾아도 없었다

오늘의 성터에는
검게 탄 바람의 흔적이
무성하게 자란 풀들 주위를
쉼 없이 맴돌고 있었다

도브 코티지
— 윌리엄 워즈워스

코발트색 호수에서 불어오는 바람과
가랑비가 이끄는 대로 걷다가
Dove Cottage*라고 쓰인 표지판
뒤쪽의 작은 문을 열고 들어섰다

다소 정제된 남자 목소리가 들렸다

"비상한 감수성을 지닌 사람이
깊고 오랜 사색의 과정을 거치면
가슴에 품은 강력한 감정은
마침내 자발적으로 흘러넘친다
조금이라도 가치를 지닌 모든 시는
그런 과정을 거쳐 탄생한다"**

도브 코티지 넓은 정원에는
워즈워스의 생각을 키운 수많은 꽃들이
숨을 쉬고 있었다

특히, 무리를 지어 꽃을 피운

수선화를 향한 우리의 입에서는
짧은 탄성이 연이어 튀어 나왔다
우리는 모두 간절한 마음으로
한 송이의 수선화가 되고 싶어 했다

* 도브 코티지(Dove Cottage): 영국 시인 윌리엄 워즈워스가 살았던 집이
  다. 잉글랜드 컴브리아 그래스미어에 있다. 내셔널 트러스트에서 관리한
  다.
** 워즈워스가 'Preface to the Lyrical Ballads'에서 주장한 내용이다.

사막 여행

햇빛이 작열하는 날에야 사막을 걸을 수 있었다 사막
은 거친 바람으로 가득했다 여행 전에 머리에 떠올렸던,
무지개가 뜨고 미풍이 불며 모래 언덕에서 야생화들이
웃고 있는 사막은 천국에서나 있을 것 같았다 쉬지 않고
부는 바람은 멈출 조짐을 보이지 않았다 가야 할 방향을
몰라 전전긍긍하고 있다는 사실은 더욱더 우리를 막막
하게 했다 오아시스가 존재하는 것은 확실했지만, 눈에
띄는 것은 번들번들한 샘물과 샘물을 둘러싼 주변에 지
친 모습으로 서 있는 몇 그루의 나무가 전부였다

거듭 쌓이는 피로가 륙색 안의 곳곳에까지 스며들었다
이런저런 생각이 머리 한가운데로 몰려왔다 이 국면을
벗어날 방안이 아예 없지는 않았다 결국, 우리는 여행을
포기하기로 의견을 모았다 사막을 벗어나 다른 길을 찾
아야 할 단계에 이른 것이었다 눈앞에 다른 길이 보이지
않았으므로 우리가 그러한 결정을 내린 것은 당연했다
우리는, 우리의 눈으로 볼 수 없는 곳에 혹여 다른 길이
있을지도 모른다는 의구심을 가졌지만 끝없이 펼쳐진
모래사막에는 어느새 마음의 사막이라는 또 하나의 사
막이 놓여 있음을 보았다

쓸모없는 능력

자기 전공 분야에선 실력자임이 틀림없지만, 회사에선 자기주장만을 내세우는 신경증 환자인 그는, 머지않아 회사를 떠날 조짐이 보이는 사원으로 꼽혔다

매사를 독불장군식으로 처리하는 것도 모자라 동료 사원들이 마련한 소통의 시간을 가로막기까지 한 그의 행적에는, 가슴속에 자리 잡은 이기심을 부끄럼 없이 드러내거나 회사에 대한 불만을 노출한 예도 부지기수였다 심지어 그는 비즈니스 기법으로 무장하기를 요구하는 상사에게 코웃음을 치며 맞서기까지 했다

젊은 사원들이 앞장서 정직하고 양심적인 기업으로 거듭나야 한다는 정풍운동을 벌이고 있을 때, 회사에 근무하는 거의 모든 사원들은, 그에 대한 나쁜 인식이 회사 내에 골고루 퍼져 있음을 알고 있었다 몇몇 젊은 사원이 익명으로 그를 퇴진시켜야 한다는 요지의 글을 사내 카페에 올렸고, 이를 읽은 사장은 곧바로 그들의 주장을 받아들였다

알려진 소문과는 달리, 그의 능력은 정말 쓸모없는 능력이었다

독자적 생각

　일반적 기준으로 볼 때, 그는 여기저기서 흔히 만날 수 있는 실패자에 지나지 않았다 그가 얼핏 성공한 사람으로 보이는 이유는, 소수이기는 해도 성공에 대한 그의 독자적 생각에 동의하는 사람이 있다는 사실에 기인했다 예를 들어, 그는 시민으로서 책임과 의무를 다하면서도, 시민의 책임과 의무에 대한 생각은 타인의 그것과 뚜렷하게 구별되었다 말하자면, 그의 독자적 생각은 보통 이상으로 고집스러웠다

　그가 생각하는 성공의 기준은 독자적 생각에 기반을 둔 것이었다 하지만 그것은 사람들의 일반적 생각과 거리가 멀었다 그는 자신의 독자적 생각을, 자신을 지탱하는 힘으로 믿었다 그럼에도 불구하고 그를 조금이라도 알고 있는 사람들은 따뜻한 눈으로 기대해 마지않았다 제발 그의 독자적 생각이 다른 사람들로 하여금 숨 막히게 하는 일이 없기를

전위前衛의 음악

— 엔니오 모리꼬네

눈에 보이는 일상의 사물에는
씨줄과 날줄이 맞서 있음을

아메리카 들판의 건너편에는
짙푸른 평야가 펼쳐 있음을

날뛰는 지중해 연안 도시에는
깊은 계곡이 누워 있음을

힘차게 달려가는 말의 갈기에는
옛날의 노래가 숨어 있음을

흔들리는 패랭이꽃 가지에는
시간 분할의 능력이 들어 있음을

엔니오 모리꼬네는
애써 찾아내 우리에게 들려준다

환자 관찰 1

입에서 쉬지 않고 쏟아내는 말은
전시회장의 조명처럼 현란했다

지나칠 수 없는 게 있었다
주름진 눈언저리를 맴도는
검정 색깔의 냉기가 그것이었다

그는 마당 주위를 맴도는 나비처럼
갈피를 못 잡고 헤매다가 마침내
자신을 바꾸는 방법을 찾아냈다

그의 얼굴이 바뀌기 시작했다

사람들은 그때쯤에 이르러서야
냉기가 사라진 그의 얼굴을 보고
기쁜 나머지 큰 소리로 웃었다
그의 눈언저리엔 맑은 기운이
시간을 가리지 않고 피어올랐다

세상에서 가장 좋은 치료 방법은
환자 스스로 찾아야 하는 법이었다

환자 관찰 2

여기저기로 뱉어내는 말들이 간혹
하늘의 별처럼 반짝일 때도 있었다

거대한 체구에는 문제가 없었지만
누가 보아도 심각한 것은
처음엔 모른 체 지내다가
조금 뒤엔 상대의 얼굴로 돌진하는
정체불명의 공격성이었다

그를 가만히 두고 바라보는 이유는
가둘 만한 공간이 없어서가 아니라
가두는 일이 필요하지 않아서였다

그가 마음먹고 골목에 출현할 때는
공중을 선회하는 까마귀조차도
갈피를 못 잡는 것처럼 보였다

마지막으로 병원에 입원한 날
그의 두피에서는 땀으로 범벅이 된

여러 개의 혈흔이 발견되었다

입원했던 환자임을 기억한 의사는
병의 근원을 찾아야 한다고 중얼거렸다

3부

안구건조증

안구건조증에는 정치가 숨어 있다
보고 싶은 것을 보기 위해서는
여러 조건과의 타협이 필요하다
안구건조증은 눈앞의 사물을
아예 보지 못하게 하기도 하고
다르게 보이게 하기도 한다
안경을 쓰지 않는 사람에게도
안구건조가 일으키는 증상은
다채롭게, 자주 이어진다
어떤 때는 신경과는 무관한
팔다리의 움직임처럼 보이기도 한다
무호흡증은 풀린 노래처럼
가끔 흩어질 때도 있지만
안구건조증은 사람을 힘들게 하는
가해자의 역할을 고수한다
녹색으로 가득한 숲을 걸어도
에메랄드색으로 흔들리는 바다를
아무리 오랫동안 바라보아도
안구건조증은 처음 그대로이다
절대 사라지지 않을 운명처럼

비상飛翔

공중에서 벌어질 일들을
전혀 예상하지 못하는 것은 아니다
그래도 욕망이 남아 있으므로
날아가는 데에 어울리는 몸으로 바뀌면
시간을 들여 검토해 볼 여지는 충분하다
날아갈 때 느낄 온몸 곳곳의 통증을
날고 난 뒤에 솟아날 깊은 우울을
떠올리면 시도조차 못 할 테지만
조금도 쉬지 않고 의심하는 시선들을
단번에 격파할 각오를 지닌다면
무엇이든 끝까지 밀고 나갈 수 있으리
이카로스처럼 추락한다 할지라도
단 한 번 거둔 성공 뒤에
계속 실패를 겪는다고 할지라도
처진 어깨에 날개를 다는 것은
운명을 지는 것과 다르지 않다
죽음처럼 두려워할 일이 아니다
하늘을 향해 기뻐해야 할 일이다
그토록 오래 간직한 꿈이었으므로

바뀐 모델

얼굴을 남기려는 의도는 없었다
얼굴을 오래 남기려는 것은
저급한 심사에 지나지 않으므로
내가 그런 의도를 지녔다면
다른 방법을 생각해 보았을 터였다
나는 나를 확인하는 것이 중요했다

시간을 대표하는 시간은 현재였다
이마는 지난해보다 훨씬 더 넓어졌고
어깨는 조금 아래쪽으로 처졌다
구부정한 허리에다 이마는 넓었다
몸의 청결을 상징하는 콧수염은
한동안 깎지 않은 채로 있었으며
듬성한 머리칼은 흰색 그대로였다

어느새, 품었던 생각은 다 날아갔다
화가에게 여러 곳의 수정을 주문했다
내가 할 수 있는 유일한 방법이었다
머리칼은 짙게, 이마는 좁게,

어깨는 팽팽하게, 콧수염은 깨끗하게,
허리는 곧게, 다리는 길게

초상화가 드디어 완성되었다
바뀐 모델이 캔버스에서 웃고 있었다

배역

노을빛 약간씩 일렁이는 틈새로

바람이 소리 없이 빠져나가듯

나뭇가지에 앉아 있던 새들이

공중으로 슬그머니 날아오르듯

가족이 있는 집 대문을 향해

숨을 고르며 곧장 걸어가듯

돈키호테의 행장을 멀리하며

닥쳐올 어둠의 휘장을 살피듯

연기하는 배역은 정말로 많다

뚜렷한 배역은 전혀 없을지라도

초월적 사랑
— 샬럿 브론테의 「제인 에어」

뒤바뀐 환경에 전율한 제인 에어는
검게 그을린 통나무 벽에 기대어
한동안 해야 할 말을 잃는다
로체스터의 두 눈은 멀었고
한쪽 손은 보기 흉하게 변했다
게다가, 그토록 단단했던 건물은
아무 형체도 없이 무너져버렸다
멀리서 들려오는 고통의 종소리를
다 들은 제인 에어는 갑자기
로체스터를 향한 사랑이 자신의
온몸 전체에 흐르고 있음을 느낀다
그것은 지금까지 경험하지 못한
단 한 번의 초월적 사랑이었다

침묵

침묵은 단순한 언어의 회피가 결코 아니었다
떠날 때마다 침묵의 여러 부면에는
다르게 바라볼 여지가 항상 숨어 있었다

앞으로도 오랜 시간 동안 해야 할 일을
아무렇게나 남겨 두고 떠날 때는
분명한 이유가 있었을 터였다

방황의 자리에 놓이는 것이 침묵임을

침묵으로 맞서고 싶은 대상은 항상
반대편에 존재하는 사람의 눈빛임을

가까운 곳을 향해 걸어가는 데에도
침묵은 반드시 필요한 소통의 수단임을

내가 타인에게 직접 말한 적은 없었다

올해 가을

지친 기억의 여름을 뒤로 밀며
가을을 나에게로 잡아당긴다
오래전부터 가을이 오는 것에
큰 희망을 걸었던 사람처럼

오름에 올라 낮은 하늘에 흩어진
회색 구름을 바라본다

희망의 신호가 잘 보이진 않지만
올해 가을도 지난해 가을과 크게
다르지 않으리라는 예상은 있다

언제부터인가, 눈앞의 사물이
잘 보이지 않을 수 있다는 조짐이
신경 곳곳에 나타나는 걸 알면서도

지난해처럼 험상 빠르게 달려오는
겨울에 대해선 의식조차 하지 않는다

차이가 없다

나는 거울을 보며 손뼉을 친다
거울 속의 나도 손뼉을 친다
그 사실만으로 거울 속의 나를
나의 동조자라고 말할 수는 없다

나는 깨진 거울을 보며 손뼉을 친다
웬걸, 깨진 거울 속의 나는
나의 한 부분만을 흉내 낸다
그 사실만으로 깨진 거울 속의 나를
나의 배신자라고 말할 수는 없다

이유를 찾을 수 있는 곳은 많다
나에게서도, 거울 속의 나에게서도
깨진 거울 속의 나에게서도
얼마든지 찾을 수 있을 터이다

하지만 당장 모든 일들을 제치고
동조자나 배신자를 찾아야 한다는
생각은 좀처럼 들지 않는다

동조자든, 배신자든 그들은 나와
한 치 정도의 차이밖에 없으므로

오늘의 오름

몇십 년째 오르는 오름인데도
오늘은 유달리 낯설게 보인다
누가 웅장한 나무들 앞에 서서
녹색의 정기를 빠짐없이 빼낸 뒤
다른 어디인가에 숨겨둔 듯하다
이러한 이유가 작용하여
나무들이 온통 이렇게 맥을 잃고
누런 색깔을 띠는 것은 아닐 것이다
나무 밑동에 돌고 있는 힘도
위를 향하고 있기는 하지만
곡선으로 기어가는 풀들에서는
약간의 흔적조차 찾을 수 없다
게다가 늘 기운차게 날아다니던
새들의 지저귐마저도 귀에 거슬린다
오늘의 오름은
며칠 전의 오름과 달리 애잔하다
나는 그 이유를 잘 모른다

허튼소리 한마디

참나무 줄기처럼 질긴 신경이
허튼소리 한마디에 부서신 뒤
추억의 한 줄기처럼
아주 높은 공중으로 솟아올랐다

대지의 노래를 실어 나르는 새들은
울창한 나무들로 가득한 운동장에서
여러 번이나 길을 잃었다

아무도 없는 무인도에 가서
내리는 비에 온통 젖은 채로
생生을 마치겠다는 철학자의
흐리멍덩한 허튼소리 한마디가
내 머리의 좁은 반경 주위를
끊임없이 흐리게 만들었다

그 말을 처음 들은 나는 한동안
평소보다 몇 배나 더 목이 말랐다.

설경놀이

얼어붙은 새벽의 이 눈길을
지나간 흔적이 하나도 없었다

한층 더 은밀해진 숲길을 따라
스틱으로 공기를 차례로 누르며
앞으로 더 걸어간 지점에는
누군가를 기다리고 있는
나무들이 엄숙하게 서 있었다

지나온 날을 대충 한데 묶어 만든
긴 이야기를 자세히 늘어놓는 것이
나무들의 한결같은 계획인 듯했지만

이런 이야기든, 저런 이야기든
사연을 오롯이 간직한 가슴에다
새 이야기를 볍씨 뿌리듯 흩뿌리면
세상사도 다시 싹을 키워 올릴 터였다

시간이 흘러도 설경놀이 온 사람들은

흥을 돋우느라 와자지껄하기만 할 뿐
나무들의 이야기에는 귀를 막았다

설령, 비가 내리고 가지 위에 쌓인
이야기들이 한꺼번에 사라진다 해도
그것을 아쉬워할 필요는 없었다
머리에 쌓인 기억이 올해처럼
내년에도 이 길을 걷게 할 터이므로

낡은 신발

낯선 마을의 골목길을 걷다가
지친 발길을 잠시 멈추고,
수명의 막바지에 이른
낡은 신발을 내려다본다
오름 오르는 중로에서 쉴 때
제일 먼저 눈에 들어온 것도
퇴색하고 찌그러진 신발이었다

발견은 예사로웠지만 그로
말미암아 꿰어 맞춘 기억들은
생각보다 예사롭지 않았다

내 발을 감싸고 있는 신발이
삶의 흔적을 기록한 개인사를
품고 있음은 거의 확실했다

아니면, 언젠가는 되돌아보거나
일부러라도 애써 해명해야 할
개인사의 실마리일 수도 있었다

지금까지 신었던 낡은 신발을
쓰레기봉투에 버리는 순간
하나의 상념이 솟아올랐다
혹여, 신발과 동봉해 버려야 할
또 다른 기억들은 없을 것인가

아침의 기록

자맥질하던 바닷속을 빠져나와
집안의 모든 커튼을 밀쳤다
아침이 말없이 집안으로 밀려왔고
밤새 어둠의 구릉에 숨어 지내면서
깨는 데에 익숙한 입자들이
작고 어설픈 무리를 지으며 빠져나갔다

젖은 지붕 위에 쌓인 어제의 권태가
바람 부는 방향에 따라 흩어졌다

내가 살고 있는 마을의 건물들도
점차로 흔들리기 시작했다

기진한 수면의 마지막 단계에는
그동안 만나지 못했던 유년의 친구들이
지친 표정으로 모여 있었는데, 모두
동굴의 깊숙한 어느 곳에 모여 있다가
엄한 지시를 받고 나와 있는 듯했다

드디어, 새벽의 찬 공기와 맞닥뜨렸다
오늘의 복잡한 오후를 감당하기 위해
여러 개로 분산된 내 얼굴이
미리 눈앞으로 다가오며 기척을 냈다

바닷가를 걸으며

모처럼 가볍게 부는 봄바람에도
물결 위에서 반짝이는 햇살을 보며
바닷가를, 기억의 바닷가를 걸을 때
불현듯 오래전의 영상이 떠올랐다

칠십 년 만에 상봉한 북쪽 아버지와
남쪽 아들의 깊은 포옹은 텔레비전 화면을
빈틈없이 가득 채우고 있었다
둘 다 살아 있으니 망정이지 죽었다면
저승에서나 이루어질 법한 일이었다

게다가, 물결이 몰고 오는 상념들과
바다에 둥둥 떠다니다 바위에 걸려
게으른 모습으로 아무렇게나 흩어져 있던
쓰디쓴 기억들이 아슴푸레하게 돌아다녔다

일몰 뒤의 어두운 저녁 햇살이 서늘했고
수평선 부근의 어선에서 아른거리는
집어등의 노란 불빛은 여전히 휘황했다

착한 어부였던 이웃 아저씨의 목소리가
꿈속에서처럼 내 귓가에 들려왔다
구원을 요청하는 마이크 소리를 들은 어른들은
여럿 있었지만 겨울 바다에서 부서진
난파선으로 달려가려는 사람은 없었다

옛집 1

마을 입구에 도착하자마자
어둠이 두 겹으로 바뀌었다
따뜻한 공기가 가볍게 출렁이더니
내게로 와락 몰려왔고
언덕 위에 멈추어 있던
새들의 노래가 사방으로 흩어졌다

발걸음을 옮겨 골목으로 들어섰다
이웃집 강아지들의 짖는 소리가
녹슨 철제 대문에 부딪혔다
넓은 마당의 화단에 서 있는
해바라기의 노란 무늬들이
미풍에 밀려 이리저리 나부꼈고
어떤 것은 옛날을 담은 추상화로
또 다른 어떤 것은 그저
무질서한 풍경화로 내게 비쳤다
둘 다 낡았다는 서글픈 생각이
내 시선을 잠시 거기에 머물게 했다

흥망성쇠를 간직한 돌담은
오래전의 퇴락한 모습 그대로였다
손잡이를 돌려 문을 열었을 땐
웬걸, 숨죽이는 자세로
집 구석구석에 거처하고 있던
옛이야기들이 서로 아우성치며
집 밖으로 나올 채비에 한창이었다
잃어버린 유년은 살아 있었다

옛집 2

안채, 바깥채로 이루어진 우리 집
지붕에는 약한 바람과 잔잔한 햇빛이
언제나 둥그렇게 모여 있었다

새들이 날아다니는 집 앞 바닷가에는
온종일 물고기와 해초가 나누던
토막 난 이야기들이 무수히 많았다

사람들이 길게 토해내는 한숨과
메마른 눈물이 여러 차례
물결에 밀려갔다가 밀려왔고
몸을 곧추세우며 귀 기울여 들은
그때의 사건과 사람은 오랫동안
가슴에서 사라지지 않았다

이백여 년 동안, 멀구슬나무가
집 어귀에 서서 겪은 사연이
항아리에 그대로 담겨 있었고

집 뒤뜰에 우거진 대나무 숲에는
사시사철 푸른 바람이 불었다
바람의 냄새를 맡은 사람은 아직 없었다
정말, 바람은 정말 향기롭기만 할 것인가

풍선 비망록*

손에 잡은 풍선을 바다에 던지면
바다는 곧 붉은 파도로 변했다
구멍 난 풍선에는 붉은색 염료가 들어 있었다
아버지가 행방불명된 뒤부터 우리 가족은
바다에 던져진 풍선과 다르지 않았다
씨 말리겠다는 서청단원의 말에 어머니는
보름씩, 한 달씩 나를 낯선 집에 맡겼다
섯알오름 탄약고 터에서 숨진 어머니로부터
겨우 찾은 증거는 금니와 삼베옷뿐이었다
듣기 싫은 말도 분명 있었을 테지만, 난
홍역 후유증으로 평생 난청에 시달렸다
바다에 던져진 풍선의 위력은 내가
건설업계로 뛰어든 뒤에도 발휘되었다
청년회의소 자매클럽을 방문하기 위해
회원들과 홍콩에 가게 되었을 때,
행정당국은 나의 여권발급을 거부했다
동행하는 사람들의 신원보증으로 결국
홍콩까지 겨우 갈 수는 있었지만, 난
바다에 던져진 풍선과 다름이 없었다

방문 밑으로 스며든 종이 때문이었다
거기엔, 이곳에서 만난 사람을 모두
기록해서 제출하라는 내용이 쓰여 있었다
학교 공부를 뛰어나게 잘했던 우리 아들은
공무원도, 법관도 아예 포기해야 했다
사람들이 붉은 티셔츠를 입고 손뼉 치며
대한민국을 크게, 힘차게 외칠 때마다
내 눈의 망막에 끊임없이 어른거렸다
결코, 잊을 수 없는 그때의 여러 일들이

* 「4 · 3과 평화」(vol 49, 2022, 겨울)에 실린 임충구 님의 경험을 토대로 삼
  았다.

4부

이른 휴일 아침

이른 휴일 아침, 동화 속의 기차를
끌고 온 바람에 기대어
오름의 정상에서 마을을 바라본다
누워 있는 지붕들 사이로
회색 연기가 흩날리고
수면에 젖었던 바다가 갑자기
파르르 물결을 일으킨다
나뭇가지들 틈에서 오랫동안 기생하는
옛날 기억들이 내 앞을 지나간다
흐르는 시간이 멈추고 나서야 햇빛은
수채화를 닮은 하늘과 한데 섞여
익숙한 모습으로 내게 다가온다
이제는 사람도, 새들도 또렷이 잘 보인다

열망

지휘자가 지휘봉을 잠시 멈춘 사이에 악보의 음들이 빠져나갔다 지휘가 끝나자 청중의 파도 같은 박수소리가 한동안 그치지 않았다 박수소리는 연주회장의 천장을 휘돌다가 문밖으로 사라졌다 수많은 청중이 일어서서 나이 든 지휘자를 향해 경의를 표했지만, 그것도 지휘자의 얼굴을 밝게 하지는 못했다

가을날 오후, 공원 벤치에 앉은 지휘자는 오래전에 자신이 처음으로 지휘했던 곡의 맨 처음 부분을 떠올렸다 거기에는 가족의 단란한 삶이 들어 있었다 지휘자는 또한 그의 부모가 가급적 아름다운 풍경만을 보여주려고 애쓰던 것을 기억해냈다

지휘자는 어떤 부모가 귀여운 두 어린아이의 손을 잡고 웃으며 걸어가는 모습을 보면서, 그것이 자신의 능력으로는 결코 이룰 수 없는 장면임을 깨달았다 그 뒤부터, 지휘자의 꿈에는 단란했던 가족의 얼굴이 자주 등장했다 지휘자는 유년시절로 돌아가고 싶은 열망을 지울 수 없었다

낙가산, 독경소리

요즈음 중생들이 제멋대로
겁을 겁으로 여기지 않고
겁을 겁이라 부르지 않아도

강화 보문사마애석불좌상은
옛날이나 지금이나 흔들림 없이
원래의 모습 그대로이다

눈썹바위가 아무리 기다랗게
검은 장막을 드리운다 해도
비틀린 중생 바로잡는 뜻을
가로막을 수는 결코 없으리라

비 오는 일요일 한낮에도
낙가산 끝까지 멀리 퍼지는
스님의 청정한 독경소리는
탁한 세속의 벽으로 스며든다

시간의 바퀴

어제까지 웅장했던 내 앞의 산이
다른 날보다 나지막하게 보였다
곳곳에 아무렇게나 모여 있던 구름이
놀란 듯 빠른 속도로 흐트러졌다

오래된 꿈들이 날아다녔고
언제나 후줄근한 모습의 건물 옆
전신주에서는 마른 숨소리가 새어 나왔다

집구석의 미물들이 허둥거리자
오후의 그림자가 크게 요동쳤다

공중의 열기구 터지던 날
아침에 친구가 돌변했을 때는
소나무 잎들이 세게 물결쳤다

해마다 어김없이 나타났다
시간의 바퀴를 돌려야 할 일이

우울한 확인

어느 날, 평소에는 전혀 알지 못했던
가로 40센티, 세로 30센티 널판으로
둘러싸인 납골당의 공간으로 옮겨진다

좁디좁은 세상으로 스며드는 능력은
아무리 좌우를 살피며 애를 써도
절대자에게는 결코 미치지 못하므로
결국은 타인의 손을 빌릴 수밖에 없다

오늘따라 센 바람은 불지 않고
서늘한 공기만 떠돌고 있을 뿐
정말 아무것도 존재하지 않는다

두툼하고 탁한 항아리의 주인공은
이곳에 온 다음 날부터 내 꿈에 나타나
허리 굽힌 자세로 허공을 바라보며
후회하는 언사를 잠시도 멈출 줄 몰랐다

살아 있을 때의 모든 약속은 헛된 말의
치장에 불과한 것이었음을 밝히면서

공동묘지에서

새로 조성된 마을의 공동묘지에서
이제는 삶이 정지된 사람들을 만난다

살아 있을 때 단단했던 육신이
그사이에 작은 영혼으로 바뀌어
손을 흔드는 모습이 저쪽에 보인다

어렵고 막막한 간난의 생生을
한 자리에서 보내지 못하고 이렇게
이곳까지 떠밀려 온 것이리라

나뭇가지의 서늘한 움직임과
늙은 새들의 슬픈 낙하는
부질없는 세월 탓임이 분명하다

여기서 어두운 눈으로 바라본다
육신을 무너뜨리는 시간을 꿈꾸듯
공동묘지로 향하고 있는 실루엣들을

먼 곳에 있는 원천을 향해

온통 부질없는 것임을 알지 못한 채
멀리 사라지는 것들을 아쉬워했다

거친 바다를 오래 헤엄치다 돌아와
열리지 않는 문의 돌쩌귀를 쪼는 심정으로
지붕을 바라보았다

헛된 일과에 쫓기는 육신은 자주
지붕의 햇살처럼 여기저기서
흐느적거릴 때가 많았다

걷고 또 걸어 마침내 다다른 이곳의
마지막 건물 모서리에 서서 확인한 것은
고작 몇 그램의 에너지였다

안개 낀 날 오름을 오르내리며
손에 넣을 수 있는 것들은
모두 일상의 한가운데에도
들어 있음을 깨달았다

온종일 넘쳐나는 의식과 바람에 흔들렸다

움직임이야말로
나를 지탱하게 하는 원동력이었으므로
오늘도 나는
먼 곳에 있는 원천을 향해 걸어간다

심판의 손바닥

1980년대 초였다 서울 판자촌 동네의 중년 남자 대여섯 명은, 매주 목요일 저녁이면 어김없이 이 골목 중간에 있는 통장 집 거실에 모이곤 했다 AFKN에서 중계하는 WWF프로레슬링 경기를 시청하기 위해서였다

그들은 처음에 거인 선수들이 서로를 붙잡고 맹렬하게 싸우는 장면을 보는 데에 크게 재미를 들였고, 나중에는 선수들에 비해 왜소한 심판이 손바닥으로 바닥을 세게 두드리며 '원! 투! 쓰리!'를 외치는 모습에 큰 관심을 쏟았다

심판의 손바닥은 승리를 확정 짓는 신호인 동시에, 패배의 거부를 널리 알리는 신호이기도 했다 모든 제도와 가치가 손바닥 뒤집듯 자주 바뀌는 현실을 인내하고 있는 그들이, 바닥을 세게 두드리는 심판의 손바닥에 암울한 현실이 겹쳐지는 순간을 지나치지 못한 것은 어쩌면 당연한 일이었다

깊은 사연

1960년대 초에 있었던 일이다 태풍이 불던 어느 날 아침, 마을 사람들이 계곡 저쪽에 있는 대처로 외출할 때 이용하던 다리가 통째로 가라앉았다 당장, 스무 가구 오십여 명의 발이 묶였고, 그로 인해 마을 사람들의 일상은 중단되었다 대처로 가기 위해 계곡을 건너는 것은 많은 시간과 위험을 감수해야 하는 일이었다 마을 사람들은 갹출을 해서라도 가라앉은 다리를 복구하고 싶어 했지만 그것은 그들의 소망에 머물렀다 관할 군청도 그들의 소망을 계속 외면했다

몇 년 뒤, 마침내 이 마을 사람들의 소망이 이루어졌다 이 마을 출신인 한 청년의 갸륵한 노력으로 이전보다 훨씬 더 튼튼한 다리가 놓이게 된 것이었다 서울 중앙 부처의 어느 부서에 근무하는 청년이 그렇게 큰일을 해내리라고 짐작한 사람은 아무도 없었다 마을 사람들은 모두 한참 뒤에야 알았다 그 청년은 아주 오래전에 계곡을 건너다 급류에 휩쓸려 사망한 마을 사람의 큰아들이라는 사실을

떠도는 소문

정체 모르는 소문이 마을 곳곳을
뿌연 공기처럼 떠돌아다녔다

대문마다 빨간 색깔의 낙서로 가득했다
입을 굳게 다물기로 유명한 마을 어른도
이 소문에 대해선 입을 다물지 못했다

본래, 소문은 뚜렷한 진원지 없이도
저절로 퍼지는 경우가 많았다
거기엔 틀림없이 비밀스러운 사연도
부지기수로 가득 차 있을 터였다

소문에 대한 사람들의 의견은 분분했다
일부 주민이 장난삼아 꾸며낸 것으로
치부하고 말자는 쪽은 소수였고
진상을 밝혀야 한다는 쪽은 다수였다

소문은 일상의 시간을 지우면서
깊은 계곡으로 숨어드는 것 같았다

보름 정도의 날이 빠르게 지나갔다

어느 날, 마침내 소문의 진상이 밝혀졌고
주인공은 태연한 얼굴로 마을을 떠났다

신통한 것은, 집 대문에 쓰여 있던 빨간
색깔의 낙서들도 모두 사라졌다는 사실이었다

평범한 풍경

얼룩무늬 도자기에 담길 때
다 담기지 못하고 남겨진
생애의 부스러기들이
화장터 건물 뒤쪽으로 흩뿌려졌다

이를 본 친척 몇몇 사람이
호기심을 누르지 못해 어슬렁대다가
이내 손을 털며 돌아선 것 말고
관심을 끌 만한 장면은 더 이상 없었다

일기예보에서도 찾을 수 없던 비가
아주 많이 내리는 시간에는
시커먼 구름이 하늘을 덮었다

높지도 낮지도 않은 봉분 위를
한 마리 나비가 외롭게 날아다녔다

남긴 작업실에 걸린 풍경화에는
반쯤밖에 자라지 못한 풀들이

하늘을 향해 소리치고 있었다

한 생애의 평범한 풍경이었다

소통의 방식

먼지 쌓인 서랍에서,
책더미 속에서 찾은 편지를
얼핏 볼 때마다 곤혹이 뒤따랐다

칡넝쿨 무늬가 즐비한 편지지에다
봉투에 노란색 띠까지 두른 이유를
이해하는 데는 오랜 시간이 걸렸다

편지 글자들이 그냥 누워 있지 않고
왁자하게 거친 물결소리를 내던
젊은 시절이 떠오르는 날 오후엔
마당 구석에 외롭게 핀 야생화
한 그루가 얼른 내게 다가와
흐린 시야를 더 흐리게 만들었다

풀을 뜯던 마구간의 수말들이
갑자기 소리 지르는 광경을
부지기수로 많이 보았던 터였다

일부러 만든 침묵이 계속되면
사방으로 마음을 이동하는 것이
좀처럼 쉽지 않아 해가 질 때까지
바닷가에 앉아 있는 일이 다반사였다

누군가에게 무엇을 전달하려면
며칠 이상을 온통 삭여야 했다

가파른 세월이 흐른 뒤에야 만났다
소통할 때마다 입은 머리의 상처들을

짧은 웃음소리

어느 가을날 오후, 우리는 차를 타고 운동회가 열리는 초등학교로 가는 중이었다 갑자기 그의 입에서 짧은 웃음소리가 튀어나왔다. 그때, 조수석에 앉은 나는 구름이 한가롭게 노니는 가을 하늘을 바라보고 있었다 그가 얼마 남지 않은 여름의 기분 좋은 추억에 젖어 있으리라고 짐작했기 때문에, 나는 그의 짧은 웃음소리를 매우 자연스럽게 받아들일 마음의 준비가 되어 있는 상태였다

나중에 알게 된 사실이지만, 그 짧은 웃음소리의 정체는 나의 짐작과 아주 달랐다 세상의 어이없는 일'에 대한 울분을 참기 위해 무진 애쓰는 과정을 거치면, 그 울분은 급기야 웃음소리로 바뀐다는 것이 그의 주장이었다 그렇게 볼 때, 그것은 웃음의 일반적인 통로와는 아주 다른 곳에서 나온 것임이 확실했다

사람들은 엄연히 존재하는 사실과 매체에 보도된 사실 사이의 엄청난 차이를 당연한 일처럼 여겼고, 그것은 그로 하여금 짧은 웃음소리를 터뜨리게 하는 계기로 작용했을 터였다 그의 짧은 웃음소리를 분석하면, 거기에서는 분노도, 욕설도 다량으로 검출될 가능성이 많았다

잔인한 반칙

나뭇가지들 사이로 간간이 움직이는
둥그런 달이 노랗게 빛나고 있었다

텔레비전에선 레슬링 경기가 한창이었다
상대 선수의 지친 기색을 알아차린
선수가 심판 몰래 허리춤에서 너클을 꺼내
오른손가락에 재빨리 끼는 게 포착되었다

심판도, 상대 선수도 이 사실을
전혀 몰랐다 시청자들만 알고 있을 뿐

너클 주먹에 맞은 선수가 쓰러졌다
너클 낀 선수가 쓰러진 선수를 커버했고
심판이 한걸음으로 달려가 카운트했다
원! 투! 쓰리!
승자와 패자가 단박에 결정되었다
너클 낀 선수가 두 손을 들며 웃었다

빛나던 달이 자취를 감추었고
주위의 기온이 급격히 내려갔다

꽃을 촬영하는 법

세상사에 공명할 때 비로소
세상사를 남길 마음이 생겼다

꽃을 촬영할 때 필요한 것은
꽃의 생애에 공명하는 마음이었다

세상의 모든 꽃들을 똑같이
대하는 일은 맹목이므로
어떤 꽃에는 특별한 시선을
다른 꽃에는 평범한 시선을 보냈다

줌업으로 접근해 가는 것처럼
보이도록 하는 기술은 쓸모없었다
꽃은 오로지 꽃 자체로만 존재했다

꽃을 화려하게 만드는 노력이
성공한 예를 찾기는 어려웠다
꽃은 꽃의 자태만을 드러냈다

꽃 촬영은 촬영의 의도가
멀리 사라질 때 완성되었다

간곡한 전언傳言

저 험한 산을 반드시 오를 각오로
힘차게 출발하는 일이라고 한다
눈앞에 수시로 웃으며 찾아오는
다디단 휴식의 유혹을 물리치고
가벼운 돌멩이도 무겁게 밟으며
항상 조심하는 일이라고 한다
바람이 불고 눈비가 내린 뒤의
아주 깊은 곳에 숨어 있는 햇살을
찾아내는 뜻깊은 일이라고 한다
우울하고 불안한 마음의 장막을
애써 지우는 일이라고 한다
머리 가운데에 자리 잡은
몽상을 제거하는 일이라고 한다
몸이 부서질 것처럼 힘들어도
게으름의 끊임없는 공격으로부터
'나'를 막아내는 일이라고 한다
매일 쌓여가는 공론의 관념을
철저히 부수는 일이라고 한다
결국 마지막엔 '나'조차 몰라볼

다른 '나'를 만드는 일이라고 한다

이 세상의 파도를 넘어서는 것은

팬터마임, 닮은꼴

검은 막이 수직으로 올라가자마자
무대 중앙에는 조그만 원들이 흩어진다

주인공이 재빨리 관객에게 몸짓으로 말한다
성스러운 빛은 지금껏 내려오지 않았다고

시골 수도원장의 착한 아들인 주인공은
아주 낡은 손목시계를 연거푸 들여다보며
필시 무엇인가 일을 도모하고 있는 것 같다
사방을 둘러보는 엑스트라도 마찬가지다

미리 약속한 대로, 배우들은 모두 침묵한다

무대 뒤에 산처럼 집결한 수많은 비밀들이
밖으로 튀어나오려고 안간힘을 쓴다

멀리서 걸어오는 누군가의 기침소리가 들리고
강아지들이 대문 앞으로 뛰어가 짖기 시작한다

점퍼 차림의 젊은 사내가 무대 뒤쪽으로 달려가
벽에 정렬해 있는 스위치들을 차례대로 켠다
엘이디 등 불빛이 퍼지면서 어둠이 완전히 걷힌다

오늘도 특별한 사건을 만나지 못한 주인공은
"이제, 연극은 끝났다"는 표정을 짓는다

관객인 나 또한 똑같은 표정을 짓는다

춤추는 마을

사건은 마을의 도로 한가운데서 벌어졌다 마을 토박이인 무명의 남자 춤꾼이 짧은 막대를 흔들며 춤을 추었다 길을 지나가던 한 청년이 급히 도로로 달려가 다가오는 차들을 정지시켰다 춤꾼은 그 청년 덕분에 차에 치이는 사고를 피할 수 있었다 춤꾼을 비난하는 사람들이 늘어났지만 춤꾼은 그것에 개의치 않았다 범죄 신고를 받고 급히 달려온 경찰조차도 춤꾼의 기세를 막지 못했다 주위의 구경꾼도 이백여 명으로 불어났고, 급기야는 도로가 마비되기까지 했다 춤꾼은 계속 춤을 추었고, 박수를 치며 춤꾼을 응원하는 사람들까지 여기저기에 나타났다

잠시 뒤, 사태는 아무도 예상하지 못한 국면으로 바뀌었다 수많은 사람들이 춤꾼과 더불어 춤을 추기 시작한 것이었다 어디서 나왔는지도 모를 음악이 거리를 꽉 채웠다 소문이 퍼지자, 이웃 마을에서도 춤을 추는 사람들이 나타나기 시작했다 이제 춤꾼의 춤은 마을에서 누구도 막을 수 없는 대세로 자리를 잡았다 마을은 온통 춤으로 가득 채워졌다 마을 사람들은 물론 춤꾼을 응원하는 사람들도, 춤추는 이유에 대해선 한마디도 말을 하지 않았다 알 수 없는 일이었다

해설

바람 또는 영혼의 심오한 효과

— 김병택의 시 세계

권　온(문학평론가)

1

　필자는 시집 『아득한 상실』에 담긴 김병택 시인의 시 세계를 시집에 수록된 10편의 시를 중심으로 점검할 것이다. 「깊어가는 겨울」「바람 1-바람의 속성」「장미」「익사한 꿈들」「아득한 상실」「환자 관찰 1」「배역」「아침의 기록」「옛집 1」「먼 곳에 있는 원천을 향해」 등 그가 생산한 개성적인 시편을 읽는 독자들은 어떤 생각이나 감정 또는 상황에 노출될까?

　김병택의 시를 읽으며 우리는 "아름다움"(「장미」)을 발견하거나 "희망"(「익사한 꿈들」)을 꿈꿀 수 있다. 인간으로서의 삶은, 다양한 "배역"(「배역」)을 소화하는 배우의 모습을 닮았다. 시인의 시를 읽으며 "그동안 만나지 못했던 유년의 친구들"(「아침의 기록」)과 오랜만에 재회할 수 있다면 대단히 기쁠 것이다. 김병택의 시는 "잃어버린 유년"(「옛집 1」)을 회복할 수 있는 원동력이자 "먼 곳에 있는 원천"(「먼 곳에 있는 원천을 향해」)을 향한 에너지가 될 수 있다. 편안함 속에서 포근한 독서를 가능케 하는 시인의 시집 속으로 춤추듯이 이동해 보자.

2.

김병택은 이번 시집의 시인의 말에서 "일상의 경험"을 강조한다. 그에 의하면 시인의 시는 '일상의 경험'에서 비롯되는 경우가 많다. 또한 김병택은 시집의 제목 "아득한 상실"을 '일상 경험의 궁극적 소멸'로서 규정한다. '경험'과 '소멸' '발생'과 '상실'은 인생의 노년老年에 접어든 시인이 독자들에게 건네는 삶의 지혜를 가리키는 표현일 수 있다. "겨울" "눈" "바람" 등의 어휘를 제시하는 시 「깊어가는 겨울」에서 삶의 지혜를 찾아보는 일도 나쁘지 않을 것이다.

> 나뭇잎들의 시린 물결 위에서
> 끊임없이 서성거리는 미물들만으로도
> 나뭇가지 곁을 떠도는 적막만으로도
> 파르르 날아가는 새의 비상飛翔만으로도
> 겨울이 깊어가고 있음을 알겠다

누가 일부러 애써 만든 적이 없는
길고 긴 진흙 길이 저절로 생겼다
뒹구는 눈의 사체들도 눈에 들어온다

수북이 쌓이는 시간을 허물며
한바탕 숲 주위를 휘돌고 온 바람이
검은 털구름을 동반하고 멀리 사라진다

드디어 붙잡은 희망 한 줄기를 품고
지난날을 참회하기 위해 산사山寺를 찾는
중년 남자의 발걸음이 가물가물하다
—「깊어가는 겨울」 전문

    김병택은 "시간"을 소중하게 여긴다. 그가 포착한 '시간'의 이름은 "겨울"이다. 시인이 집중하는 '겨울'은 "나뭇잎들" "미물들" "적막" "새의 비상飛翔" 등 작고 소박한 자연물과 그 주변에 기대어 "깊어가고 있"다.

    김병택은 "길고 긴 진흙 길"이 "저절로 생겼"음에 주목한다. 그 길은 "누가 일부러 애써 만든 적이 없는" 길이다. 그에게 '진흙 길'은 포기할 수 없는 가치로서의 '자연스러움'과 동의어가 된다.

    시인은 "지난날을 참회하기 위해 산사山寺를 찾는/ 중년 남자의 발걸음"을 좇으며, 스스로를 성찰하고 있는지도 모르겠다. 김병택은 1연 2행~4행에서 "만으로도"를

3회 반복함으로써 이 시의 리듬감을 고양한다. 또한 4연
1행에 제시되는 "희망 한 줄기"는 "깊어가는 겨울"의 사
색과 어우러지면서 속이 꽉 찬 알밤 같은 시를 완성한
다.

바람이 불기 시작한 뒤에야
구겨진 내 얼굴의 미세한 감각이
평상의 수준으로 돌아온다
늘어진 꽃들도 일어서고
새들의 노랫소리도 잘 들린다

바람의 방향은 계절마다 다르다
정작 눈여겨보아야 할 것은
늘 다르지 않은 바람의 속성이다

바람이 거느리고 있는 것들 또한
예민한 감각의 소유자에겐 특별하다
이런 곳에 눈길을 보내지 않는 사람은
'바람'에 대해 말할 자격이 없다

지난해 겨우내 불었던 바람이
올해도 이 마을에 다시 찾아와
소명을 수행하는 것처럼 불고 있다
앞으론 절대 소멸하지 않을 태세로
　　　　　　　　　　— 「바람 1–바람의 속성」 전문

시인이 여기에서 주목하는 대상은 "바람"이다. 김병택은 이번 시집에 '바람'이라는 제목을 달고 있는 네 편의 시편을 '연작聯作'의 형식으로 수록하였는데, 이 시는 '바람' 연작시의 첫 번째 작품이 된다.

김병택은 '바람'의 "방향"이 아닌 '바람'의 "속성"에 집중한다. 그는 "계절마다 다"른 '바람'의 '방향'이 아닌 "늘 다르지 않은 바람의 속성"을 "눈여겨"본다. 시인이 주목하는 '바람의 속성'은 '변함없음' 또는 '한결같음'을 특징으로 내세운다. 4연에 의하면 '바람'은 "지난해"에 이어서 "올해도" "다시 찾아와"서 "절대 소멸하지 않을 태세로" "불"어 온다. 김병택이 이해하는 '바람의 속성'은 '불멸을 향한 꿈'과 같다.

"미세한 감각"의 소유자이자 "예민한 감각의 소유자"로서의 시인은 '영원'을 지향하는 '바람'을 꿈꾼다. 그가 '바람'을 지향하는 일은 끝없는 "소명을 수행하는 것"과 다르지 않다. 불가능한 꿈에 머무른다고 해도 바람을 향한 김병택의 꿈은 쉬이 그치지 않을 것이다. 독자들로서는 그의 시를 읽으며, 불어오는 바람 앞에서 생生의 의지를 불태웠던 시인 폴 발레리Paul Valéry를 생각할 수도 있을 테다.

> 사랑과 정열의 이 붉은 바람을
> 아무도 그냥 지나치지 않는다
> 키가 크지 않아도 공중 끝까지 가 닿고

바위처럼 흔들림이 없다
밤에는 혼자 뒤척이지만 낮에는
마을 곳곳을 다니며 대화를 나눈다
메마른 잎을 배척하지 않는
아름다움은 오랫동안 한결같다
빛의 조각들이 쉼 없이 서성거릴 때는
축제의 중심에 앉아
다른 꽃들을 가까이 끌어당긴다
햇살이 섞인 빗방울이 내리면
여기저기에 얽힌 줄기는
금세 푸르고 둥근 잎으로 바뀐다
먼 나라, 어느 무용가의 청춘처럼

—「장미」 전문

'바람'을 향한 김병택의 관심은 이 시에서도 여전하다. 그가 1행에서 제시하는 "사랑과 정열의 이 붉은 바람"은 '바람' '사랑' '정열'의 통합을 의미하면서 동시에 작품의 제목인 "장미"를 가리킨다.

시인에 의하면 '장미'는 누군가와 "대화를 나"눌 수 있고, "바위처럼 흔들림이 없"는 대상이다. 무엇보다도 '장미'에는 "오랫동안 한결같"은, "아름다움"이 내재한다. 앞에서 살핀 시 「바람 1−바람의 속성」에서 '바람'의 속성이 "늘 다르지 않은" 것이었다면, 이번 시 「장미」에서 '장미'의 속성은 "흔들림이 없다"와 "한결같다"라는 서술어에 담겨있다. '바람'과 '장미'의 속성을 토대로 구성한 김병택 시학詩學의 성격은 '지속성'일 수 있는 셈이다.

　이 시를 읽는 독자들은 시인이 조성한 '아름다움'이 매우 감각적이고 구체적이라는 사실 앞에서 놀라게 된다. 김병택이 선택한 "빗방울"은 "햇살이 섞인 빗방울"이고, 그가 선정한 "잎"은 "푸르고 둥근 잎"이기 때문이다. 특히 이 작품의 마지막 행을 이루는 "먼 나라, 어느 무용가의 청춘처럼"을 대하는 일은 우리에게 어떤 특별한 상황이나 감정을 전달한다. 김병택의 이 시행은 영화 〈원스 어폰 어 타임 인 아메리카Once Upon A Time In America〉에서 발레를 하던 데보라(제니퍼 코넬리)를, 독자들이 잊고 있었던 '첫사랑'을 생각할 수 있도록 돕기 때문이다.

　　　넓은 바다 여기저기에 널브러진
　　　여러 색깔의 꿈들을 보았다

　　　구원의 밧줄을 던지려고 해도
　　　매번 실패를 부추기는 일상의 시간이
　　　매듭을 잘랐기 때문에 쉽지 않았다

　　　바다에는 또한 아주 오래전에
　　　어선들의 일으키는 물결 따라
　　　노란 집어등 불빛이 흔들릴 때
　　　깊이 묻힌 꿈들도 있을 터이지만

　　　오늘, 투망으로 건져 올린 것은

오랜 세월 동안 희망을 붙잡으려
거리를 떠돌다가 익사한 꿈들이었다

마치 일확천금을 노리다가 실패한
도박사들의 욕망을 아주 많이 닮은
—「익사한 꿈들」 전문

김병택은 시집 서두의 "시인의 말"에서 다음과 같이
언급한다. "나의 의식을 지배하는 것은 일상의 경험이
다." 날마다 반복되는 생활로서의 '일상'을 소중하게 여
기는 시인에게는 "여러 색깔의 꿈들"이 있다. 그가 추구
하는 '꿈들'은 "구원의 밧줄을 던지려"는 행위이자 "희망
을 붙잡으려"는 몸짓이다.

인간은 언제나 "매번 실패를 부추기는 일상의 시간"을
견디며 살아간다. 인간은 실수, 잘못, 실패 등으로부터
벗어날 수 없는 시간으로서의 일상을 살아간다. 그럼에
도 불구하고 우리는 슬픔과 아픔을 제공하는 일상의 시
간을 살아가게 된다. 우리가 일상을 버티며 나날의 삶을
살아갈 수 있는 힘은 아이러니하게도 "익사한 꿈들"에서
나온다. 비록 그 꿈들이 "일확천금을 노리다가 실패한/
도박사들의 욕망을 아주 많이 닮"았다고 해도, 사람들은
'꿈' 또는 '욕망'을 포기하지 않는다. 그들에게는 아직 '희
망'이 있고 '구원'의 가능성이 남아있기 때문이다.

겨울밤, 눈이 내리기 시작하면
세상 여기저기 떠돌던 탁한 소리들이
초가집 등불 앞에 기립한 채로 모여들었다

(……)

매일 바라보는 산은 어느 시간에도
성직자처럼 낮은 자세로 앉아 있었다

(……)

요즈음과 판이했던 시대의 이념과
금속성의 연설은 언제나 정다웠다

이젠, 한 톨의 흔적조차
남아있지 않다 옛날의 모든 것은

　　　　　　　　　　　—「아득한 상실」 부분

　이 시를 향한 김병택의 기대감은 작지 않다. 그는 이
시의 제목 "아득한 상실"을 시집의 제목으로 삼고 있기
때문이다. '아득한 상실'이라는 어구 앞에서 독자들은 이
중의 침잠을 경험한다. 하나는 이별이나 소멸로서의 '상
실' 앞에서의 침잠이고, 다른 하나는 공간이나 시간 또는
의식 상태로서의 '아득하다' 앞에서의 침잠이다. 김병택
이 제시하는 이중의 침잠은 박용래 시인의 시 「저녁 눈」

과 연결될 수 있다는 점에서 유의미하다. 곧 박용래가 구사하는 "늦은 저녁때" "눈발" "호롱불" "여물 써는 소리" 등의 어휘와 김병택이 선택한 "겨울밤" "눈" "초가집 등불" "세상 여기저기 떠돌던 탁한 소리들" 등의 어휘는 서로를 향해 긴밀하게 대응된다.

김병택이 이 시에서 제시하는 '아득한 상실'은 "이젠, 한 톨의 흔적조차/ 남아있지 않"은, "옛날"을 향한 그리움일 수 있다. 그는 "언제나 정다웠"던, "옛날"이 사라진 "요즈음", 가늠하기 힘든 상실감에 몸부림치는 것이다. 어쩌면 시인에게 엄습한 상실감은 "성직자처럼 낮은 자세로 앉아 있었"던 "매일 바라보는 산"과 닮았을 테다. 이와 같은 개성적인 문장은 김병택의 시를 더욱 높은 차원으로 끌어올리고, 그의 시를 읽는 독자들을 '아득한 상실'의 시공時空으로 이동시킨다.

입에서 쉬지 않고 쏟아내는 말은
전시회장의 조명처럼 현란했다

지나칠 수 없는 게 있었다
주름진 눈언저리를 맴도는
검정 색깔의 냉기가 그것이었다

그는 마당 주위를 맴도는 나비처럼
갈피를 못 잡고 헤매다가 마침내
자신을 바꾸는 방법을 찾아냈다

그의 얼굴이 바뀌기 시작했다

사람들은 그때쯤에 이르러서야
냉기가 사라진 그의 얼굴을 보고
기쁜 나머지 큰 소리로 웃었다
그의 눈언저리엔 맑은 기운이
시간을 가리지 않고 피어올랐다

세상에서 가장 좋은 치료 방법은
환자 스스로 찾아야 하는 법이었다

— 「환자 관찰 1」 전문

김병택이 주목하는 인물은 "그"이다. '그'는 "입에서 쉬지 않고" "말"을 "쏟아내는", 사람이다. '그'의 "주름진 눈언저리를 맴도는" 것은 "검정 색깔의 냉기"였다. '그'는 "환자"였던 것이다.

시인은 "갈피를 못 잡고 헤매"던 '그'를 "치료"하고 싶었다. 어떻게 하면 "그의 얼굴"에서 "냉기"를 없애고, "그의 눈언저리"에 "맑은 기운"을 "피어올"릴 수 있을까? 놀랍게도 '그'는 "자신을 바꾸는 방법"을 스스로 "찾아냈다" 김병택은 우리에게 "세상에서 가장 좋은 치료 방법은/ 환자 스스로 찾아야 하는 법"임을 알려준다. "자가치료自家治療"로서의 시가 이렇게 탄생한다.

노을빛 약간씩 일렁이는 틈새로

바람이 소리 없이 빠져나가듯

나뭇가지에 앉아 있던 새들이

공중으로 슬그머니 날아오르듯

가족이 있는 집 대문을 향해

숨을 고르며 곧장 걸어가듯

돈키호테의 행장을 멀리하며

닥쳐올 어둠의 휘장을 살피듯

연기하는 배역은 정말로 많다

뚜렷한 배역은 전혀 없을지라도

—「배역」전문

　삶에 대해서 진지하게 생각할 수 있도록 돕는 시가 여기에 있다. 김병택의 이번 시는 "배역"에 대해서 이야기한다. 시인이 '배역'을 언급하는 이유는 삶을 살아가는 인간의 모습과 자신에게 주어진 역할을 수행하는 배우의 모습이 서로 닮았기 때문이다.

김병택에 따르면 "뚜렷한 배역은 전혀 없을지라도", 인간이 "연기하는 배역은 정말로 많다" 사람들이 연기하는 배역은 매우 다양할 수 있다. 가족의 영역에서는 자녀, 부부, 부모 등이 가능하고, 사회의 영역에서는 학생, 직장인, 사업가 등이 가능하며, 연령 측면에서는 유아, 소년, 청년, 중년, 장년, 노인 등이 가능하다.

이 시에는 시인이 애호하는 단어인 "바람"이 제시되고, '바람'의 도움을 얻어서 "공중으로 슬그머니 날아오르"는 "새들"도 등장한다. '바람'과 '새들'로 대표되는 김병택의 시어詩語는 이 시의 2행 "빠져나가듯", 4행 "날아오르듯", 6행 "걸어가듯", 8행 "살피듯" 등 '듯' 관련 표현의 반복과 연결되면서 시의 리듬감을 극적으로 고양한다. 노래로서의 시, 음악으로서의 시를 지향하는 시인의 열정이 돋보이는 순간이기도 하다.

자맥질하던 바닷속을 빠져나와
집안의 모든 커튼을 밀쳤다
아침이 말없이 집안으로 밀려왔고
밤새 어둠의 구릉에 숨어 지내면서
깨는 데에 익숙한 입자들이
작고 어설픈 무리를 지으며 빠져나갔다

젖은 지붕 위에 쌓인 어제의 권태가
바람 부는 방향에 따라 흩어졌다

내가 살고 있는 마을의 건물들도
점차로 흔들리기 시작했다

기진한 수면의 마지막 단계에는
그동안 만나지 못했던 유년의 친구들이
지친 표정으로 모여 있었는데, 모두
동굴의 깊숙한 어느 곳에 모여 있다가
엄한 지시를 받고 나와 있는 듯했다

드디어, 새벽의 찬 공기와 맞닥뜨렸다
오늘의 복잡한 오후를 감당하기 위해
여러 개로 분산된 내 얼굴이
미리 눈앞으로 다가오며 기척을 냈다

— 「아침의 기록」 전문

　이 시에서 시적 화자 '나'를 둘러싸고 있는 대상들을
관통하는 단어는 '시간'이다. 우선 "어제"와 "오늘"이 등
장하는데, 이것은 '내일'을 예비하는 상황일 수 있다. 다
음으로는 "새벽" "아침" "오후" "밤(새)"가 제시된다. 또
한 김병택은 "수면"을 덧붙임으로써, 과거의 꿈과 현재
의 현실을 연결한다.
　시인이 언급하는 "유년의 친구들"은 과거와 현재, 꿈
과 현실 사이에서 움직이는 대상이다. 그는 즐겨 쓰는
단어인 "바람"을 활용하여 "어제의 권태"를 "흩어"버리

는데, 이것은 "아침의 기록"이자 '시간의 기록'으로서의
이 시의 효능을 극대화하면서, 독자들에게 시간의 흐름
과 가치에 대해서 성찰할 수 있는 계기를 부여한다.

(……)

발걸음을 옮겨 골목으로 들어섰다
이웃집 강아지들의 짖는 소리가
녹슨 철제 대문에 부딪혔다
넓은 마당의 화단에 서 있는
해바라기의 노란 무늬들이
미풍에 밀려 이리저리 나부꼈고
어떤 것은 옛날을 담은 추상화로
또 다른 어떤 것은 그저
무질서한 풍경화로 내게 비쳤다
둘 다 낡았다는 서글픈 생각이
내 시선을 잠시 거기에 머물게 했다

흥망성쇠를 간직한 돌담은
오래전의 퇴락한 모습 그대로였다
손잡이를 돌려 문을 열었을 땐
웬걸, 숨죽이는 자세로
집 구석구석에 거처하고 있던
옛이야기들이 서로 아우성치며
집 밖으로 나올 채비에 한창이었다

잃어버린 유년은 살아 있었다

—「옛집 1」 부분

김병택은 "옛집"에 주목한다. '옛집'은 오래된 집이거나 누군가 예전에 살던 집일 수 있다. '옛집'은 세월 또는 시간이 두껍게 축적된 집이다. '옛집'은 "옛날"을 품은 집인 것이다. '옛집'과 연결된 "흥망성쇠를 간직한 돌담"을 "오래전의 퇴락한 모습"이나 "서글픈 생각"으로 이해할 수도 있겠으나, 시인의 생각은 조금 다른 것 같다.

김병택이 포착한 '옛집'으로 찾아가려면 "발걸음을 옮겨 골목으로 들어"서야 한다. "이웃집 강아지들의 짖는 소리가" 귓전을 울릴 즈음, 시적 화자 '나'의 시선에는 "녹슨 철제 대문"이 다가온다. '나'가 "손잡이를 돌려 문을 열었을 땐" "서로 아우성치"는 "옛이야기들"을 목도하는 드문 순간이 될 테다. 독자들로서는 이 시의 마지막 행인 "잃어버린 유년은 살아 있었다"를 읽으며 깊은 감동을 느낄 수 있다. 사라진 줄 알았던 '유년' '추억' '기억' 등이 여전히 생생하게 살아 있기 때문이다. 요컨대 '과거'와 '현재'는 견고하게 결속되어 있고, '영원한 현재'로서의 '시'는 구체적인 이미지를 품은 풍경화로서 끊임없이 움직인다.

온통 부질없는 것임을 알지 못한 채
멀리 사라지는 것들을 아쉬워했다

거친 바다를 오래 헤엄치다 돌아와
열리지 않는 문의 돌쩌귀를 쪼는 심정으로
지붕을 바라보았다

헛된 일과에 쫓기는 육신은 자주
지붕의 햇살처럼 여기저기서
흐느적거릴 때가 많았다

걷고 또 걸어 마침내 다다른 이곳의
마지막 건물 모서리에 서서 확인한 것은
고작 몇 그램의 에너지였다

안개 낀 날 오름을 오르내리며
손에 넣을 수 있는 것들은
모두 일상의 한가운데에도
들어 있음을 깨달았다

온종일 넘쳐나는 의식과 바람에 흔들렸다

움직임이야말로
나를 지탱하게 하는 원동력이었으므로
오늘도 나는
먼 곳에 있는 원천을 향해 걸어간다
                        —「먼 곳에 있는 원천을 향해」 전문

다시 "일상"이고, 다시 "바람"이다. 이 시는 김병택이 '일상'과 '바람'의 시학을 일관되게 추구하고 있음을 보여 준다. 일상과 바람의 시학은 "먼 곳에 있는 원천을 향해" 나아간다. 그가 지향하는 '먼 곳의 원천'은 '뿌리'이자 '근원'이며 '시작'이다.

시인은 한때 "멀리 사라지는 것들을 아쉬워했"으나, 이제는 '아쉬움' 자체가 "온통 부질없는 것임을 깨닫"는 다. 그는 사라지는 것들을 사라지게 내버려 두는 일도 좋은 선택임을 알게 된 것이다.

시적 화자 '나'는 삶의 "원동력"으로서 "움직임"을 언급 한다. 그것은 '바람'으로부터 출발하는 "흔들"림일 수 있고, "고작 몇 그램의 에너지"일 수 있다. '나'가 "오늘도" "먼 곳에 있는 원천을 향해 걸어간다"라고 다짐하는 대목을 어떻게 이해하면 좋을까? 어쩌면 '먼 곳에 있는 원천'은 영원히 도달할 수 없는 곳일지도 모른다. 중요한 바는 그럼에도 불구하고 '나'가 계속 걸을 것이라는 사실 이다.

3.

김병택의 시집 『아득한 상실』을 읽는 일은 일상의 경험 을 확장하는 것과 다르지 않았다. 시인이 선택한 새로운 언어와 마주하며 세계를 확장하는 일은, 행복감을 끌어올리는 특별한 행위일 수 있다.

그의 시집에서 10편의 시를 골라서 넓고 깊은 독서를 진행하면서, 필자는 "바람"과 조우하는 경우가 많았다. 「깊어가는 겨울」「바람 1–바람의 속성」「장미」「배역」「아침의 기록」「먼 곳에 있는 원천을 향해」 등의 시들에는 '바람'이 직접적으로 등장하고, 시 「옛집 1」에서는 '바람'과 닮은 '미풍'이 제시된다는 점에서 김병택의 이번 시집은 '바람'의 기록과 다르지 않다.

지미 카터Jimmy Carter는 '바람'과 관련하여 다음과 같이 이야기하였다. "영혼은 바람과 같아서, 우리가 볼 수는 없지만 그 효과를 볼 수 있으며, 그 효과는 심오하다.(Spirit is like the wind, in that we can't see it but can see its effects, which are profound.)" 김병택의 시 「장미」에는 "붉은 바람"이자 "사랑과 정열"을 품은 대상으로서의 "장미"가 제시된 바 있다. 시인에게 '바람'은 '사랑'과 '정열'의 가치를 담은 빛나는 꽃이다. 앞으로 더 많은 독자들이 시집 『아득한 상실』에 담긴 시편들을 읽으며 영혼의 심오한 효과로서의 바람을 피부로 느끼고, 사랑과 정열을 품은 붉은 장미를 닮은 바람을 온몸으로 경험하기를 바란다.

황금알 시인선